ARMES ANCIENNES

ET

OBJETS D'ART

Exposition publique : le Mercredi 25 Décembre 1867

Mᵉ ESCRIBE	M. DHIOS
COMMISSAIRE-PRISEUR.	EXPERT.

EXEMPLAIRE DE DHIOS

RENOU & MAULDE

IMPRIMEURS DE LA COMPAGNIE DES COMMISSAIRES-PRISEURS

Rue de Rivoli, 144.

CATALOGUE

D'UNE COLLECTION

D'ARMES ANCIENNES

BOUCLIER EN FER REPOUSSÉ; — ÉPÉES ITALIENNES ET
ESPAGNOLES; — CASQUES GRAVÉS; — FAUCHARDS;
— HALLEBARDES; — PISTOLETS; — DAGUES;
POIRES A POUDRE ET ACCESSOIRES D'ARMES;

ET

D'OBJETS D'ART

**Verreries de Venise; Grès émaillés; Bronze japonais;
Orfévrerie; Curiosités diverses;**

DONT LA VENTE AUX ENCHÈRES PUBLIQUES AURA LIEU

HOTEL DES COMMISSAIRES-PRISEURS

RUE DROUOT, N° 5

SALLE N° 6

Le Jeudi 26 Décembre 1867

A DEUX HEURES PRÉCISES

Par le ministère de Me **ESCRIBE,** Commissaire-Priseur,
rue Saint-Honoré, 217,

Assisté de **M. DHIOS,** Expert, rue Le Peletier, 33,

Chez lesquels se distribue ce Catalogue.

EXPOSITION PUBLIQUE

Le MERCREDI 25 Décembre 1867, de 1 heure à 5 heures.

PARIS — 1867

CONDITIONS DE LA VENTE

Elle sera faite au comptant.

Les Acquéreurs paieront CINQ POUR CENT en sus du prix d'adjudication.

Armes et Accessoires.

1 — Bouclier en fer repoussé et ciselé. Au centre un guerrier monté sur un cheval richement caparaçonné terrasse un dragon. De chaque côté se trouvent les armoiries de ce personnage. Autour sont représentées dans quatre compartiments des batailles avec quantité de guerriers. Toutes les figures se détachent en relief sur un fond quadrillé.

Travail allemand dans le goût du xvie siècle.

2 — Un Morion ou Casque allemand du xvie siècle, entièrement gravé de figures, ornements et accessoires d'armes.

3 — Autre Casque de la même époque, gravé de médaillons à figures, de guerriers et d'animaux chimériques entourés de rinceaux.

4 — Muserolle de cheval en fer découpé à jour; ornements et animaux.

Travail allemand du xvie siècle.

5 — Épée espagnole du xvie siècle, garde à coquille en fer percée à jour et ornée de figures de guerriers, de trophées d'armes et d'animaux se jouant au milieu de rinceaux. Le pommeau se termine par une tête de Femme.

6 — Épée espagnole du xvie siècle ; garde droite, coquille à double frise d'ornements repercés à jour, pommeau ciselé.

7 — Épée espagnole à courte lame, coquille repercée à jour d'oiseaux se jouant au milieu de feuillages, pommeau ciselé.

8 — Grande Épée allemande, coquille à jour, garde contournée.

9 — Épée espagnole du xvie siècle, à courte lame, coquille à huit lobes repercée à jour, garde droite, pommeau ciselé.

10 — Épée allemande à longue lame, coquille repercée à jour, pommeau ciselé.

11 — Épée du xvie siècle, à longue lame triangulaire ; garde droite ; coquille repercée à jour en forme de rosaces.

12 — Petite Épée du xvie siècle, à large lame ; pommeau, garde et coquille en fer ciselé et repercé à jour.

13 — Épée du xvie siècle, à large lame, garde à jour, pommeau à torsade dorée.

14 — Épée italienne, garde et pommeau dorés.

15 — Grande Épée allemande du xvie siècle ; coquille à jour avec armoiries.

16 — Grande Épée à coquille fleurdelisée.

17 — Longue Épée, garde à jour très-ouvragée.

18 — Petite Épée du xvie siècle, à lame gravée et coquille repercée à jour.

19 — Deux Épées avec gardes à jour sans pommeaux.

20 — Miséricorde incrustée d'argent.

21 — Une Coquille d'épée en fer repercé à jour.

22 — Sabre à lame gravée, poignée sculptée.

23 — Poignard oriental à lame recourbée; fourreau et poignée en argent.

24 — Petite Dague italienne.

25 — Poignard italien.

26 — Autre Poignard italien à dentelles.

27 — Petit Yatagan à poignée dorée; fourreau en cuir garni en argent.

28 — Couteau oriental, manche et fourreau en fer niellés d'or.

29 — Yatagan marocain.

30 — Hache orientale niellée d'argent.

31 — Masse d'armes gothique en fer gravé.

32 — Autre plus petite que la précédente.

33 — Hache d'armes de corporation; manche en ivoire gravé de figures et fleurs.

34 — Autre Hache d'armes de corporation, manche en bois incrusté d'ivoire; figures et fleurs.

35 — Sabre japonais, poignée ornée de plaques de cuivre en relief incrustées d'or et d'argent.

36 — Hallebarde gravée, avec hampe garnie en cuir jaune.

37 — Hallebarde découpée à jour; hampe en bois noir garnie de boutons en cuivre.

38 — Hallebarde en fer gravé, aux armes de Saxe.

39 — Hallebarde en fer gravé; figures de la Vierge et de saint Christophe; ornements à rinceaux; très-belle pièce.

40 — Hallebarde suisse.

41 — Hallebarde en fer gravé; armoiries et blason.

42 — Hallebarde porte-mèches.

43 — Hallebarde italienne avec traces de dorure.

44 — Deux Hallebardes saxonnes.

45 — Hallebarde à devise gravée.

46 — Hallebarde; figure de saint Marc.

47 — Cinq Hallebardes variées. (Seront divisées.)

48 — Fauchard vénitien gravé; hampe en velours.

49 — Deux Fauchards.

50 — Esponton polonais.

51 — Esponton de bannière.

52 — Deux Hargons du xv⁰ siècle.

53 — Hargon à crochet.

54 — Paire de Pistolets italiens; monture en fer ciselé et incrusté, d'un beau travail. — Signés Domenico Bonomino.

55 — Arquebuse allemande à rouet; batterie en fer finement ciselé.

56 — Fusil sarde, à incrustations en fer découpé.

57 — Fusil marocain; canon garni de plaquettes en cuivre gravé.

58 — Arbalète du temps de Marie de Médicis; bois et fer.

59 — Arbalète du xvie siècle; manche en bois et ivoire gravé.

60 — Poire à poudre en fer découpé à jour; ornements et figures.

61 — Poire à poudre du xvie siècle, en cuir gaufré et doré.

62 — Autre plus grande, même époque.

63 — Poire à poudre en ivoire gravé; monture en fer.

64 — Deux Étriers en fer découpé à jour.

65 — Trousse vénitienne; couteau et fourchette à manche en nacre incrustée; fourreau en cuir gaufré, du xvie siècle.

66 — Trousse du xvie siècle; poignées en ivoire; fourreau en cuir gaufré.

67 — Arc chinois.

68 — Une Épée du xvie siècle, garde et pommeau incrustés d'argent.

69 — Une Épée Louis XIII, fer ciselé, ornée de chocs de cavalerie. Lame ornée de gravures représentant des Apôtres.

70 — Une Épée, époque de Henri IV, à croisillons, pommeau et fusée repercée à jour. Bon travail sur fer.

71 — Un Tromblon platiné à rouet fer gravé, canon richement incrusté d'argent, fût en bois, incrusté d'os et d'ivoire.

72 — Un Pulvérin en corne de cerf gravée représentant des personnages; daté 1565.

73 — Une Épée fer cannelé et gravé, même époque.

74 — Une Cartouchière saxonne, fer repoussé, représentant des cavaliers.

75 — Selle orientale, incrustée de nacre.

76 — Bride espagnole, garnie de cuivre repoussé et doré; elle est munie de son mors.

77 — Un Marteau de porte, fer ciselé; dans les interstices de la ciselure se trouvent des fleurs de lis frappées.

78 — Un Mors de bride sicilien xviie siècle.

79 — Un Éperon, fer incrusté argent, du xviie siècle.

80 — Un Mortier bronze du xviie siècle.

81 — Plaques d'armure persanne. Fer gravé.

Objets divers.

82 — Grand Vase calice à couvercle, en argent repoussé et doré; ancienne orfévrerie d'Augsbourg.

83 — Autre de même genre.

84 — Deux grands Vases de forme cylindrique, en bronze japonais, niellés d'argent, décorés de dragons appliqués en bronze ciselé et doré.

85 — Un Sceptre chinois en émail cloisonné.

86 — Bouteille ou fiascone en verre de Venise, décorée sur les deux faces d'armoiries et blasons en émaux de couleur. Pièce rare.

87 — Très-beau Plateau en verre de Venise émaillé, aux armes de France.

88 — Une Carafe à anse, à panse aplatie, à long goulot, en verre de Venise, émaillée en blanc d'une rosace et d'un médaillon portant les initiales A. R.

89 — Un petit Gobelet à couvercle en verre de Venise gravé et émaillé.

90 — Petit Vase à anse et goulot, en verre de Venise filigrané en émaux de couleur.

91 — Burette en verre de Venise. Pièce fracturée.

92 — Un petit Vase en verre de Venise émaillé blanc.

93 — Petite Carafe à anse en verre de Bohême gravé.

94 — Un grand Vidrecome allemand de forme cylindrique, émaillé, décoré d'armoiries et blasons avec inscriptions et la date 1606.

95 — Une Chope allemande à anse en verre bleu émaillé, décorée de fleurs, portant la date 1673.

96 — Une autre Chope allemande en verre bleu émaillé, ornée d'un cavalier et portant la même date.

97 — Cruchon à anse, à long goulot, en grès de Flandres émaillé, décoré de fleurs et d'une tête de mascaron.

98 — Autre Cruchon à anse, en grès de Flandres, décoré d'un mascaron et d'une rosace.

99 — Cruchon à anse en grès de Flandres émaillé; couvercle en étain.

100 — Autre, de même forme.

101 — Canette à anse en grès d'Allemagne émaillé, et décorée des figures en relief du Christ et des douze apôtres.

102 — Autre plus petite; même genre de décor.

103 — Petite Chope à anse en grès d'Allemagne émaillé, décorée du portrait d'un personnage du temps de Louis XIV.

104 — Sucrier à couvercle en vieux Japon.

105 — Quatre petits Plats en étain, décorés de médaillons à personnages alternés de mascarons, de figures de saints et de rosaces. Sera divisé.

106 — Ceinture de cavalier en cuir incrusté d'étain; boucle en cuivre gravé.

107 — Clef vénitienne en fer ouvragé.

108 — Étoffe chinoise pour robe.

109 — Fusil albanais orné d'incrustations.

110 — Une Selle orientale ornée de broderies.

111 — Objets omis.

Renou et Maulde, imprimeurs de la Compagnie des Commissaires-Priseurs, rue de Rivoli, 144.	10093